Verschiedene Gedichte

Stefan George

An baches ranft

1907

An baches ranft
Die einzigen frühen
Die hasel blühen.
Ein vogel pfeift

In kühler au.
Ein leuchten streift
Erwärmt uns sanft
Und zuckt und bleicht.

Das feld ist brach·
Der baum noch grau ..
Blumen streut vielleicht
Der lenz uns nach.

Besuch

Sanftere sonne fällt schräg
Durch deiner mauer scharten
In deinen kleinen garten
Und dein haus am gehäg.

Schwirren die vögel im plan.
Regen sträuche die ruten:
Ziehen nach tagesgluten
Erste wandrer die bahn.

Fülle die eimer nun strack!
Netze im pfade die kiese
Büsche und beete der wiese
Häng-ros und güldenlack!

Und bei der wand am gestühl
Brich den zu wirren eppich!
Streue blumen zum teppich!
Duftend sei es und kühl.

Danksagung

Die sommerwiese dürrt von arger flamme.
Auf einem uferpfad zertretnen klees
Sah ich mein haupt umwirrt von zähem schlamme
Im fluss trübrot von ferner donner grimm.
Nach irren nächten sind die morgen schlimm:
Die teuren gärten wurden dumpfe pferche
Mit bäumen voll unzeitig giftigen schneees
Und hoffnungslosen tones stieg die lerche.

Da trittst du durch das land mit leichten sohlen
Und es wird hell von farben die du maltest.
Du lehrst vom frohen zweig die früchte holen
Und jagst den schatten der im dunkel kreucht ..
Wer wüsste je – du und dein still geleucht –
Bänd ich zum danke dir nicht diese krone:
Dass du mir tage mehr als sonne strahltest
Und abende als jede sternenzone.

Das Lied

1928

Es fuhr ein knecht hinaus zum wald
Sein bart war noch nicht flück
Er lief sich irr im wunderwald
Er kam nicht mehr zurück.

Das ganze dorf zog nach ihm aus
Vom früh- zum abendrot
Doch fand man nirgends seine spur
Da gab man ihn für tot.

So flossen sieben jahr dahin
Und eines morgens stand
Auf einmal wieder er vorm dorf
Und ging zum brunnenrand.

Sie fragten wer er wär und sahn
Ihm fremd ins angesicht
Der vater starb die mutter starb
Ein andrer kannt ihn nicht.

Vor tagen hab ich mich verirrt
Ich war im wunderwald
Dort kam ich recht zu einem fest
Doch heim trieb man mich bald.

Die leute tragen güldnes haar
Und eine haut wie schnee..
So heissen sie dort sonn und mond
So berg und tal und see.

Da lachten all: in dieser früh
Ist er nicht weines voll.
Sie gaben ihm das vieh zur hut
Und sagten er ist toll.

So trieb er täglich in das feld
Und sass auf einem stein
Und sang bis in die tiefe nacht
Und niemand sorgte sein.

Nur kinder horchten seinem lied
Und sassen oft zur seit ..
Sie sangen's als er lang schon tot
Bis in die spätste zeit.

Das Wort

Wunder von ferne oder traum
Bracht ich an meines landes saum

Und harrte bis die graue norn
Den namen fand in ihrem born –

Drauf konnt ichs greifen dicht und stark
Nun blüht und glänzt es durch die mark ...

Einst langt ich an nach guter fahrt
Mit einem kleinod reich und zart

Sie suchte lang und gab mir kund:
›So schläft hier nichts auf tiefem grund‹

Worauf es meiner hand entrann
Und nie mein land den schatz gewann …

So lernt ich traurig den verzicht:
Kein ding sei wo das wort gebricht.

Der Herr der Insel
1894

Die fischer überliefern dass im süden
Auf einer insel reich an zimmt und öl
Und edlen steinen die im sande glitzern
Ein vogel war der wenn am boden fussend
Mit seinem schnabel hoher stämme krone

Zerpflücken konnte · wenn er seine flügel
Gefärbt wie mit dem saft der Tyrer-schnecke
Zu schwerem niedrem flug erhoben: habe
Er einer dunklen wolke gleichgesehn.
Des tages sei er im gehölz verschwunden ·

Des abends aber an den strand gekommen ·
Im kühlen windeshauch von salz und tang
Die süsse stimme hebend dass delfine
Die freunde des gesanges näher schwammen
Im meer voll goldner federn goldner funken.

So habe er seit urbeginn gelebt ·

Gescheiterte nur hätten ihn erblickt.

Denn als zum erstenmal die weissen segel

Der menschen sich mit günstigem geleit

Dem eiland zugedreht sei er zum hügel

Die ganze teure stätte zu beschaun gestiegen ·

Verbreitet habe er die grossen schwingen

Verscheidend in gedämpften schmerzeslaute

Die blume die ich mir am fenster hege

Die blume die ich mir am fenster hege

Verwahrt vorm froste in der grauen scherbe

Betrübt mich nur trotz meiner guten pflege

Und hängt das haupt als ob sie langsam sterbe.

Um ihrer frühem blühenden geschicke

Erinnerung aus meinem sinn zu merzen

Erwähl ich scharfe waffen und ich knicke

Die blasse blume mit dem kranken herzen.

Was soll sie nur zur bitternis mir taugen?

Ich wünschte dass vom fenster sie verschwände..

Nun heb ich wieder meine leeren augen

Und in die leere nacht die leeren hände.

Die Spange

1891

Ich wollte sie aus kühlem eisen
Und wie ein glatter fester streif ·
Doch war im schacht auf allen gleisen
So kein metall zum gusse reif.

Nun aber soll sie also sein:
Wie eine grosse fremde dolde
Geformt aus feuerrotem golde
Und reichem blitzendem gestein.

Die tote Stadt

1907

Die weite bucht erfüllt der neue hafen
Der alles glück des landes saugt · ein mond
Von glitzernden und rauhen häuserwänden ·
Endlosen strassen drin mit gleicher gier
Die menge tages feilscht und abends tollt.
Nur hohn und mitleid steigt zur mutterstadt
Am felsen droben die mit schwarzen mauern
Verarmt daliegt · vergessen von der zeit.

Die stille veste lebt und träumt und sieht
Wie stark ihr turm in ewige sonnen ragt ·
Das schweigen ihre weihebilder schüzt
Und auf den grasigen gassen ihren wohnern
Die glieder blühen durch verschlissnes tuch.
Sie spürt kein leid · sie weiss der tag bricht an:
Da schleppt sich aus den üppigen palästen
Den berg hinan von flehenden ein zug:

›Uns mäht ein ödes weh und wir verderben
Wenn ihr nicht helft – im überflusse siech.
Vergönnt uns reinen odem eurer höhe
Und klaren quell! wir finden rast in hof
Und stall und jeder höhlung eines tors.
Hier schätze wie ihr nie sie saht – die steine
Wie fracht von hundert schiffen kostbar · spange
Und reif vom werte ganzer länderbreiten!‹

Doch strenge antwort kommt: ›Hier frommt kein kauf.
Das gut was euch vor allem galt ist schutt.
Nur sieben sind gerettet die einst kamen
Und denen unsre kinder zugelächelt.
Euch all trifft tod. Schon eure zahl ist frevel.
Geht mit dem falschen prunk der unsren knaben
Zum ekel wird! Seht wie ihr nackter fuss
Ihn übers riff hinab zum meere stösst.‹

Einem jungen führer im ersten weltkrieg
1928

Wenn in die heimat du kamst   aus dem zerstampften gefild
Heil aus dem prasselnden guss   höhlen von berstendem
schutt
Keusch fast die rede dir floss   wie von notwendigem dienst
Von dem verwegensten ritt   von den gespanntesten mühn..
Freier die schulter sich hob   drauf man als bürde schon lud
Hunderter schicksal:

Lag noch im ruck deines arms   zugriff und schneller befehl
In dem sanft-sinnenden aug   obacht der steten gefahr
Drang eine kraft von dir her   sichrer gelassenheit
Dass der weit ältre geheim   seine erschüttrung bekämpft
Als sich die knabengestalt   hochauffragend und leicht
Schwang aus dem sattel.

Anders als ihr euch geträumt   fielen die würfel des streits..
Da das zerrüttete heer   sich seiner waffen begab
Standest du traurig vor mir   wie wenn nach prunkendem
fest
Nüchterne woche beginnt   schmückender ehren beraubt..
Tränen brachen dir aus   um den vergeudeten schatz
Wichtigster jahre.

Du aber tu es nicht gleich   unbedachtsamem schwarm
Der was er gestern bejauchzt   heute zum kehricht bestimmt
Der einen markstein zerhaut   dran er strauchelnd sich
stiess..
Jähe erhebung und zug   bis an die pforte des siegs
Sturz unter drückendes joch   bergen in sich einen sinn
Sinn in dir selber.

Alles wozu du gediehst   rühmliches ringen hindurch
Bleibt dir untilgbar bewahrt   stärkt dich für künftig getös..
Sieh · als aufschauend um rat   langsam du neben mir
schrittst
Wurde vom abend der sank   um dein aufflatterndes haar
Um deinen scheitel der schein   erst von strahlen ein ring
Dann eine krone.

Der Einsiedel

Ins offne fenster nickten die hollunder
Die ersten reben standen in der bluht ·
Da kam mein sohn zurück vom land der wunder ·
Da hat mein sohn an meiner brust geruht.

Ich ließ mir allen seinen kummer beichten ·
Gekränkten stolz auf seinem erden-ziehn –
Ich hätte ihm so gerne meinen leichten
Und sichern frieden hier bei mir verliehn.

Doch anders fügten es der himmel sorgen –
Sie nahmen nicht mein reiches lösegeld ..
Er ging an einem jungen ruhmes-morgen.
Ich sah nur fern noch seinen schild im feld.

Entrückung

1907

Ich fühle luft von anderem planeten.
Mir blassen durch das dunkel die gesichter
Die freundlich eben noch sich zu mir drehten.

Und bäum und wege die ich liebte fahlen
Dass ich sie kaum mehr kenne und Du lichter
Geliebter schatten – rufer meiner qualen –

Bist nun erloschen ganz in tiefern gluten
Um nach dem taumel streitenden getobes
Mit einem frommen schauer anzumuten.

Ich löse mich in tönen · kreisend · webend ·
Ungründigen danks und unbenamten lobes
Dem grossen atem wunschlos mich ergebend.

Mich überfährt ein ungestümes wehen
Im rausch der weihe wo inbrünstige schreie
In staub geworfner beterinnen flehen.

Dann seh ich wie sich duftige nebel lüpfen
In einer sonnerfüllten klaren freie
Die nur umfängt auf fernsten bergesschlüpfen.

Der boden schüttert weiss und weich wie molke ..
Ich steige über schluchten ungeheuer ·
Ich fühle wie ich über lezter wolke

In einem meerkristallnen glanzes schwimme –
Ich bin ein funke nur vom heiligen feuer
Ich bin ein dröhnen nur der heiligen stimme.

Es lacht in dem steigenden jahr dir
1896

Es lacht in dem steigenden jahr dir
Der duft aus dem garten noch leis.
Flicht in dem flatternden haar dir
Eppich und ehrenpreis.

Die wehende saat ist wie gold noch ·
Vielleicht nicht so hoch mehr und reich ·
Rosen begrüssen dich hold noch.
Ward auch ihr glanz etwas bleich.

Verschweigen wir was uns verwehrt ist ·
Geloben wir glücklich zu sein ·
Wenn auch nicht mehr uns beschert ist
Als noch ein rundgang zu zwein.

Gemahnt dich noch das schöne bildnis
1896

GEMAHNT dich noch das schöne bildnis dessen
Der nach den schluchten-rosen kühn gehascht ·
Der über seiner jagd den tag vergessen ·
Der von der dolden vollem seim genascht?

Der nach dem parke sich zur ruhe wandte ·
Trieb ihn ein flügelschillern allzuweit ·
Der sinnend sass an jenes weihers kante
Und lauschte in die tiefe heimlichkeit ..

Und von der insel moosgekrönter steine
Verliess der schwan das spiel des wasserfalls
Und legte in die kinderhand die feine
Die schmeichelnde den schlanken hals.

Goethe-Tag

Wir brachen mit dem zarten frührot auf
Am sommerend durch rauchendes gefild
Zu Seiner stadt. Noch standen plumpe mauer
Und würdelos gerüst von menschen frei
Und tag – unirdisch rein und fast erhaben.
Wir kamen vor sein stilles haus · wir sandten
Der ehrfurcht blick hinauf und schieden. Heute
Da alles rufen will schweigt unser gruss.

Noch wenig stunden: der geweihte raum
Erknirscht: sie die betasten um zu glauben..
Die grellen farben flackern in den gassen ·
Die festesmenge tummelt sich die gern
Sich schmückt den Grossen schmückend und ihn fragt
Wie er als schild für jede sippe diene –
Die auf der stimmen lauteste nur horcht ·
Nicht höhen kennt die seelen-höhen sind.

Was wisst ihr von dem reichen traum und sange
Die ihr bestaunet! schon im kinde leiden
Das an dem wall geht · sich zum brunnen bückt ·
Im jüngling qual und unrast · qual im manne
Und wehmut die er hinter lächeln barg.
Wenn er als ein noch schönerer im leben
Jetzt käme – wer dann ehrte ihn? er ginge
Ein könig ungekannt an euch vorbei.

Ihr nennt ihn euer und ihr dankt und iauchzt –
Ihr freilich voll von allen seinen trieben
Nur in den untren lagen wie des tiers –
Und heute bellt allein des volkes räude..
Doch ahnt ihr nicht dass er der staub geworden
Seit solcher frist noch viel für euch verschliesst
Und dass an ihm dem strahlenden schon viel
Verblichen ist was ihr noch ewig nennt.

Der hügel wo wir wandeln liegt im schatten ·
Indes der drüben noch im lichte webt
Der mond auf seinen zarten grünen matten
Nur erst als kleine weiße wolke schwebt.

Die straßen weithin-deutend werden blasser ·

Den wandrern bietet ein gelispel halt ·

Ist es vom berg ein unsichtbares wasser

Ist es ein vogel der sein schlaflied lallt?

Der dunkelfalter zwei die sich verfrühten

Verfolgen sich von halm zu halm im scherz ...

Der rain bereitet aus gesträuch und blüten

Den duft des abends für gedämpften schmerz.

Hyperion

Ich kam zur heimat: solch gewog von blüten

Empfing mich nie .. ein pochen war im feld

In meinem hain von schlafenden gewalten.

Ich sah euch fluss und berg und gau im bann

Und brüder euch als künftige sonnen-erben:

In eurem scheuen auge ruht ein traum

Einst wird in euch zu blut der sehnsucht sinnen ...

Mein leidend leben neigt dem schlummer zu

Doch gütig lohnt der Himmlischen verheissung

Dem frommen ... der im Reich nie wandeln darf:

Ich werde heldengrad, ich werde scholle

Der heilige sprossen zur vollendung nahn:

Mit diesen kommt das zweite alter, liebe

Gebar die Welt, liebe gebiert sie neu.

Ich sprach den spruch, der zirkel ist gezogen ..

Eh mich das dunkel überholt entrückt
Mich hohe schau: bald geht mit leichten sohlen
Durch teure flur greifbar im glanz der Gott.

Ich forschte bleichen eifers nach dem horte

Ich forschte bleichen eifers nach dem horte
Nach strofen drinnen tiefste kümmerniss
Und dinge rollten dumpf und ungewiss –
Da trat ein nackter engel durch die pforte:

Entgegen trug er dem versenkten sinn
Der reichsten blumen last und nicht geringer
Als mandelblüten waren seine finger
Und rote rosen waren um sein kinn.

Auf seinem haupte keine krone ragte
Und seine stimme fast der meinen glich:
Das schöne leben sendet mich an dich
Als boten: während er dies lächelnd sagte

Entfielen ihm die lilien und mimosen –
Und als ich sie zu heben mich gebückt
Da kniet auch ER · ich badete beglückt
Mein ganzes antlitz in den frischen rosen.

Ihr tratet zu dem herde

Ihr tratet zu dem herde
Wo alle glut verstarb.
Licht war nur an der erde
Vom monde leichenfarb.

Ihr tauchtet in die aschen
Die bleichen finger ein
Mit suchen tasten haschen –
Wird es noch einmal schein!

Seht was mit trostgeberde
Der mond euch rät:
Tretet weg vom herde.
Es ist worden spät.

Im Park

Rubinen perlen schmücken die fontänen ·
Zu boden streut sie fürstlich jeder strahl ·
In eines teppichs seidengrünen strähnen

Verbirgt sich ihre unbegrenzte zahl.
Der dichter dem die vögel angstlos nahen
Träumt einsam in dem weiten schattensaal ..

Die jenen wonnetag erwachen sahen
Empfinden heiss von weichem klag berauscht ·
Es schmachtet leib und leib sich zu umfahen.

Der dichter auch der töne lockung lauscht.
Doch heut darf ihre weisung nicht ihn rühren
Weil er mit seinen geistern rede tauscht:

Er hat den griffel der sich sträubt zu führen.

Im windes-weben

Im windes-weben
War meine frage
Nur träumerei.
Nur lächeln war
Was du gegeben.
Aus nasser nacht
Ein glanz entfacht –

Nun drängt der mai ·
Nun muss ich gar
Um dein aug und haar
Alle Tage
In sehnen leben.

Komm in den totgesagten park und schau

Komm in den totgesagten park und schau:
Der schimmer ferner lächelnder gestade.
Der reinen wolken unverhofftes blau
Erhellt die weiher und die bunten pfade.

Dort nimm das tiefe gelb, das weiche grau
Von birken und von buchs, der wind ist lau.
Die späten rosen welkten noch nicht ganz.
Erlese küsse sie und flicht den kranz.

Vergiss auch diese lezten astern nicht.
Den purpur um die ranken wilder reben
Und auch was übrig blieb von grünem leben
Verwinde leicht im herbstlichen gesicht.

Leo XIII

1907

Heut da sich schranzen auf den thronen brüsten
Mit wechslermienen und unedlem klirren:
Dreht unser geist begierig nach verehrung
Und schauernd vor der wahren majestät
Zum ernsten väterlichen angesicht
Des Dreigekrönten wirklichen Gesalbten
Der hundertjährig von der ewigen burg
Hinabsieht: schatten schön erfüllten daseins.

Nach seinem sorgenwerk für alle welten
Freut ihn sein rebengarten: freundlich greifen
In volle trauben seine weissen hände
Sein mahl ist brot und wein und leichte malve
Und seine schlummerlosen nächte füllt
Kein wahn der ehrsucht · denn er sinnt auf hymnen
An die holdselige Frau · der schöpfung wonne
Und an ihr strahlendes allmächtiges kind.

›Komm heiliger knabe! hilf der welt die birst
Dass sie nicht elend falle! einziger retter!
In deinem schutze blühe mildre zeit
Die rein aus diesen freveln sich erhebe..
Es kehre lang erwünschter friede heim
Und brüderliche bande schlinge liebe!‹
So singt der dichter und der seher weiss.
Das neue heil kommt nur aus neuer liebe.

Wenn angetan mit allen würdezeichen
Getragen mit dem baldachin – ein vorbild
Erhabnen prunks und göttlicher verwaltung –
ER eingehüllt von weihrauch und von lichtern
Dem ganzen erdball seinen segen spendet:
So sinken wir als gläubige zu boden
Verschmolzen mit der tausendköpfigen menge
Die schön wird wenn das wunder sie ergreift.

Mein garten bedarf nicht luft und nicht wärme

Mein garten bedarf nicht luft und nicht wärme.
Der garten den ich mir selber erbaut
und seiner vögel leblose schwärme
Haben noch nie einen frühling geschaut.

Von kohle die stämme. von kohle die äste
Und düstere felder am düsteren rain.
Der früchte nimmer gebrochene läste
Glänzen wie lava im pinien-hain.

Ein grauer schein aus verborgener höhle
Verrät nicht wann morgen wann abend naht
Und staubige dünste der mandel-öle
Schweben auf beeten und anger und saat.

Wie zeug ich dich aber im heiligtume
– So fragt ich wenn ich es sinnend durchmaß
In kühnen gespinsten der sorge vergaß –
Dunkle große schwarze blume?

Mühle lass die arme still

Mühle lass die arme still
Da die haide ruhen will.
Teiche auf den tauwind harren.
Ihrer pflegen lichte lanzen
Und die kleinen bäume starren
Wie getünchte ginsterpflanzen.

Weisse kinder schleifen leis
Ueberm see auf blindem eis
Nach dem segentag. sie kehren
Heim zum dorf in stillgebeten.
DIE beim fernen gott der lehren.
DIE schon bei dem naherflehten.

Kam ein pfiff am grund entlang?
Alle lampen flackern bang.
War es nicht als ob es riefe?
Es empfingen ihre bräute
Schwarze knaben aus der tiefe.
Glocke läute glocke läute!

Novemberrose

Sag mir blasse Rose dort

Was stehst du noch an so trübem ort?

Schon senkt sich der herbst am zeitenhebel

Schon zieht an den bergen novembernebel.

Was bleibst du allein noch blasse rose?

Die letzte deiner gefährten und schwestern

Fiel tot und zerblättert zur erde gestern

Und liegt begraben im mutterschoosse...

Ach mahne mich nicht dass ich mich beeile!

Ich warte noch eine kleine weile.

Auf eines jünglings grab ich stehe:

Er vieler hoffnung und entzücken

Wie starb er? Warum? Gott es wissen mag!

Eh ich verwelke eh ich vergehe

Will ich sein frisches grab

noch schmücken

Am totentag.

Sporenwache

Die lichte zucken auf in der kapelle.
Der edelknecht hat drinnen einsam wacht
Nach dem gesetze vor altares schwelle
»Ich werde bei des nahen morgens helle
Empfangen von der feierlichen pracht

Durch einen schlag zur ritterschar erkoren ·
Nachdem der kindheit sang und sehnen schwieg
Dem strengen dienste widmen wehr und sporen
Und streiter geben in dem guten krieg.

Ich muß mich würdig rüsten zu der wahl ·
Zur weihe meines unbefleckten schwertes
Vor meines gottes zelt und diesem mal ·
Dem zeugnis echten heldenhaften wertes.«

Da lag der ahn in grauen stein gehauen ·
Um ihn der schlanken wölbung blumenzier
Die starren finger faltend im vertrauen ·
Auf seiner brust gebreitet ein panier ·

Den blick verdunkelt von des helmes klappen —
Ein cherub hält mit hocherhobner schwinge
Zu häupten ihm den schild mit seinem wappen ·
In glattem felde die geflammte klinge.

Der jüngling bittet brünstig Den da oben
Und bricht gelernten spruches enge schranken
Die hände fromm vors angesicht geschoben ·
Da wurde unvermerkt in die gedanken
Ihm eine irdische gestalt verwoben:

»Sie stand im garten bei den rosmarinen
Sie war viel mehr ein kind als eine maid ·
In ihrem haare goldne flocken schienen
Sie trug ein langes sternbesticktes kleid.«

Ein schauer kommt ihn an · er will erschrocken
Dem bild das ihm versuchung dünkt entweichen ·
Er gräbt die bände in die vollen locken
Und macht das starke bösemferne zeichen ·

In seine wange schießt es rot und warm ·
Die kerzen treffen ihn mit graden blitzen ·
Da sieht er auf der Jungfrau schoße sitzen
Den Welt-erlöser offen seinen arm.

»Ich werde diener sein in deinem heere
Es sei kein andres streben in mir wach ·
Mein leben folge fortab deiner lehre ·
Vergib wenn ich zum letzten male schwach.«

Aus des altares weißgedeckter truhe
Flog ein schwarm von engelsköpfen aus ·
Es floß bei ferner orgel heilgem braus
Des Tapfren einfalt und des Toten ruhe
Zu weiter klarheit durch das ganze haus.

Vogelschau
1892

Weisse schwalben sah ich fliegen ·
Schwalben schnee- und silberweiss ·
Sah sie sich im winde wiegen ·
In dem winde hell und heiss.

Bunte häher sah ich hüpfen ·
Papagei und kolibri
Durch die wunder-bäume schlüpfen
In dem wald der Tusferi.

Grosse raben sah ich flattern ·
Dohlen schwarz und dunkelgrau
Nah am grunde über nattern
Im verzauberten gehau.

Schwalben seh ich wieder fliegen ·
Schnee- und silberweisse schar ·
Wie sie sich im winde wiegen
In dem winde kalt und klar!

1928

Wenn einst dies geschlecht sich   gereinigt von schand
Vom nacken geschleudert   die fessel des fröners
Nur spürt im geweide   den hunger nach ehre:
Dann wird auf der walstatt   voll endloser gräber
Aufzucken der blutschein..   dann jagen auf wolken
Lautdröhnende heere   dann braust durchs gefilde
Der schrecklichste schrecken   der dritte der stürme:
Der toten zurückkunft!

Wenn je dieses volk sich   aus feigem erschlaffen
Sein selber erinnert   der kür und der sende:
Wird sich ihm eröffnen   die göttliche deutung
Unsagbaren grauens..   dann heben sich hände
Und münder ertönen   zum preise der würde
Dann flattert im frühwind   mit wahrhaftem zeichen
Die königsstandarte   und grüsst sich verneigend
Die Hehren · die Helden!

Der Widerchrist

1907

Dort kommt er vom berge · dort steht er im hain!
Wir sahen es selber · er wandelt in wein
Das wasser und spricht mit den toten.‹

O könntet ihr hören mein lachen bei nacht:
Nun schlug meine stunde · nun füllt sich das garn.
Nun strömen die fische zum hamen.

Die weisen die toten – toll wälzt sich das volk ·
Entwurzelt die bäume · zerklittert das korn ·
Macht bahn für den zug des Erstandnen.

Kein werk ist des himmels das ich euch nicht tu.
Ein haarbreit nur fehlt – und ihr merkt nicht den trug
Mit euren geschlagenen sinnen.

Ich schaff euch für alles was selten und schwer
Das Leichte · ein ding das wie gold ist aus lehm ·
Wie duft ist und saft ist und würze –

Und was sich der grosse profet nicht getraut:
Die kunst ohne roden und säen und baun
Zu saugen gespeicherte kräfte.

Der Fürst des Geziefers verbreitet sein reich ·
Kein schatz der ihm mangelt · kein glück das ihm weicht..
Zu grund mit dem rest der empörer!

Ihr jauchzet · entzückt von dem teuflischen schein ·
Verprasset was blieb von dem früheren seim
Und fühlt erst die not vor dem ende.

Dann hängt ihr die zunge am trocknenden trog ·
Irrt ratlos wie vieh durch den brennenden hof ..
Und schrecklich erschallt die posaune.

Wir schreiten auf und ab im reichen flitter

Wir schreiten auf und ab im reichen flitter
des buchenganges beinah bis zum tore
Und sehen außen in dem feld vom gitter
den mandelbaum zum zweitenmal im flore.

Wir suchen nach den schattenfreien bänken
Dort wo uns niemals fremde stimmen scheuchten ·
In träumen unsre arme sich verschränken ·
Wir laben uns am langen milden leuchten

Wir fühlen dankbar wie zu leisem brausen
Von wipfeln strahlenspuren auf uns tropfen
Und blicken nur und horchen wenn in pausen
Die reifen früchte an den boden klopfen.

Goethe-Tag

Wir brachen mit dem zarten frührot auf

Am sommerend durch rauchendes gefild

Zu Seiner stadt. Noch standen plumpe mauer

Und würdelos gerüst von menschen frei

Und tag – unirdisch rein und fast erhaben.

Wir kamen vor sein stilles haus · wir sandten

Der ehrfurcht blick hinauf und schieden. Heute

Da alles rufen will schweigt unser gruss.

Noch wenig stunden: der geweihte raum

Erknirscht: sie die betasten um zu glauben..

Die grellen farben flackern in den gassen ·

Die festesmenge tummelt sich die gern

Sich schmückt den Grossen schmückend und ihn fragt

Wie er als schild für jede sippe diene –

Die auf der stimmen lauteste nur horcht ·

Nicht höhen kennt die seelen-höhen sind.

Was wisst ihr von dem reichen traum und sange

Die ihr bestaunet! schon im kinde leiden

Das an dem wall geht · sich zum brunnen bückt ·

Im jüngling qual und unrast · qual im manne

Und wehmut die er hinter lächeln barg.

Wenn er als ein noch schönerer im leben

Jetzt käme – wer dann ehrte ihn? er ginge

Ein könig ungekannt an euch vorbei.

Ihr nennt ihn euer und ihr dankt und iauchzt –

Ihr freilich voll von allen seinen trieben

Nur in den untren lagen wie des tiers –

Und heute bellt allein des volkes räude..

Doch ahnt ihr nicht dass er der staub geworden
Seit solcher frist noch viel für euch verschliesst
Und dass an ihm dem strahlenden schon viel
Verblichen ist was ihr noch ewig nennt.

Leo XIII

1907

Heut da sich schranzen auf den thronen brüsten
Mit wechslermienen und unedlem klirren:
Dreht unser geist begierig nach verehrung
Und schauernd vor der wahren majestät
Zum ernsten väterlichen angesicht
Des Dreigekrönten wirklichen Gesalbten
Der hundertjährig von der ewigen burg
Hinabsieht: schatten schön erfüllten daseins.
Nach seinem sorgenwerk für alle welten
Freut ihn sein rebengarten: freundlich greifen
In volle trauben seine weissen hände
Sein mahl ist brot und wein und leichte malve
Und seine schlummerlosen nächte füllt
Kein wahn der ehrsucht · denn er sinnt auf hymnen
An die holdselige Frau · der schöpfung wonne
Und an ihr strahlendes allmächtiges kind.
›Komm heiliger knabe! hilf der welt die birst
Dass sie nicht elend falle! einziger retter!
In deinem schutze blühe mildre zeit
Die rein aus diesen freveln sich erhebe..

Es kehre lang erwünschter friede heim
Und brüderliche bande schlinge liebe!‹
So singt der dichter und der seher weiss.
Das neue heil kommt nur aus neuer liebe.
Wenn angetan mit allen würdezeichen
Getragen mit dem baldachin – ein vorbild
Erhabnen prunks und göttlicher verwaltung –
ER eingehüllt von weihrauch und von lichtern
Dem ganzen erdball seinen segen spendet:
So sinken wir als gläubige zu boden
Verschmolzen mit der tausendköpfigen menge
Die schön wird wenn das wunder sie ergreift.